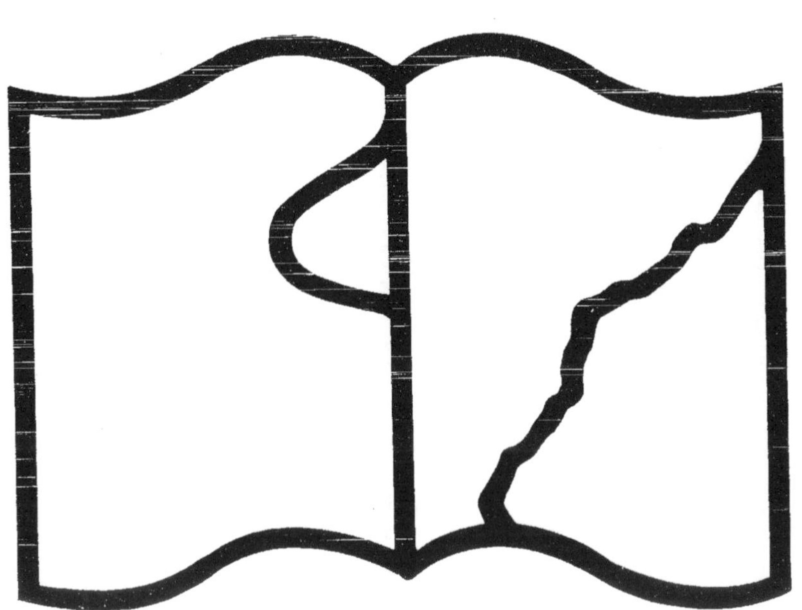

Texte détérioré — reliure défectueuse

**NF Z 43**-120-11

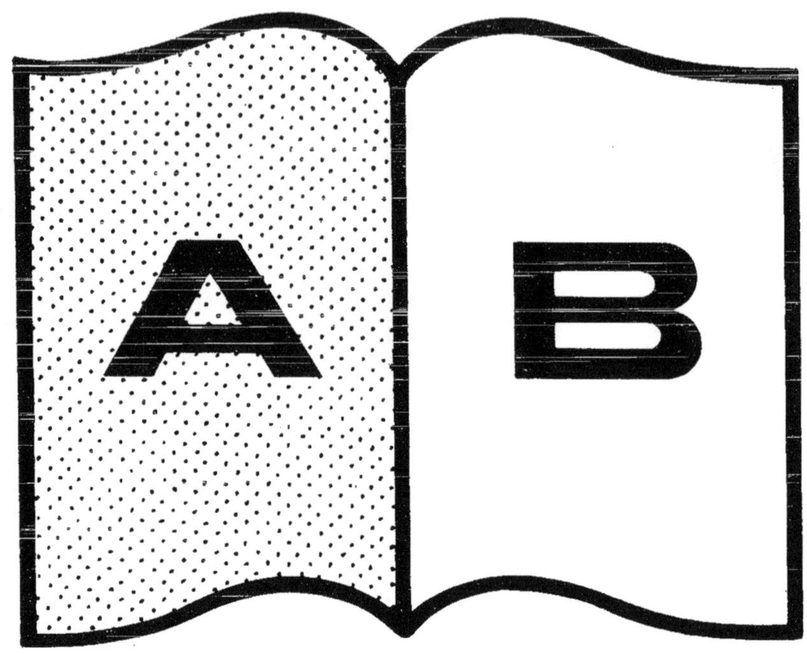


Contraste insuffisant

**NF Z 43**-120-14

LE SABOT DE NOEL
PAR
AIMÉ GIRON
COMPOSITIONS ET GRAVURES
DE
LÉOPOLD FLAMENG

LE

# SABOT DE NOËL

LE SABOT DE NOEL
PAR
AIMÉ GIRON
COMPOSITIONS ET GRAVURES
DE
LÉOPOLD FLAMENG

LE

# ABOT DE NOËL

PAR



AIMÉ GIRON



COMPOSITIONS ET GRAVURES

PAR LÉOPOLD FLAMENG

PARIS

LIBRAIRIE DUCROCQ

55, RUE DE SEINE, 55

# PRÉFACE

Je viens de lire, et cette lecture était une fête, le beau livre où ce jeune homme, un vrai poète, a raconté, dans son style ingénu, les grâces de la religion naissante. On dirait qu'il a vu dans le ciel rasséréné la claire étoile dont le chaste rayon conduisit les rois mages à l'étable de Béthléem. Là, ils offrirent à l'enfant nouveau-né l'or, la myrrhe et l'encens; l'or, parce qu'il était un roi; l'encens, parce qu'il était un Dieu; la myrrhe enfin, parce qu'il était un simple mortel destiné à la mort.

2

Dans cette crèche où l'enfant dormait, repu du lait de sa mère, devaient s'accomplir les grands mystères et la libération du monde. Au ciel que de cantiques, et sur la terre que d'espérances ! Tous les Pères de l'Église d'Orient et d'Occident ont célébré cette heure éclatante parmi les heures de la création. Tous les poètes, à leur tour, ont chanté l'hymne sacré en l'honneur du Dieu nouveau-né.

Quoi d'étonnant qu'un jeune homme, encore aujourd'hui tout ému de ces miracles, les célèbre avec l'aide et l'appui d'un grand artiste ? A l'un et à l'autre accordons toute louange : les mères et leurs enfants leur rendront grâce à leur tour. Dans un drame éloquent, terrible, Hamlet, prince du Danemark, une œuvre étincelante du génie et des croyances de Shakespeare, le lecteur s'arrête, étonné de rencontrer, au milieu des apparitions surnaturelles et des paroles de l'autre monde, une heureuse et poétique louange des belles œuvres que nos deux artistes ont célébrées, celui-ci, dans ses belles images, celui-là, dans ses plus beaux vers.

« C'est la vérité : aux approches de la saison où le monde entier célèbre avec des prières la naissance de notre Sauveur, l'oiseau de l'aube et du matin chante toute la nuit, et, tant qu'il chante, aucun esprit mauvais n'ose s'aventurer au delà de ses limites. Tout est calme et paisible en ces heures bénies : les nuits sont saines dans le ciel apaisé ; les étoiles resplendissent de leur clarté la plus clémente : on n'entend que des bruits charmants, des murmures de joie et de fête. Ami voyageur, suis ton chemin, le farfadet te respecte, et la fée oublie, à te voir, ses funestes enchantements ; tant c'est une époque heureuse et pleine de grâce et de contentements. »

Voilà tout le sujet du nouveau livre; il est contenu tout entier dans ce beau rêve. Esprit, clémence et respect, reconnaissance et piété, courage aussi. « Celui-là est courageux », disait saint Augustin, « qui ose hardiment montrer sa croyance. » Ajoutons : Celui-là est heureux qui la montre avec talent, et qui trouve dans sa foi même un si beau motif de produire quelqu'une de ces pages qui sont les bienvenues dans toutes les familles et sous le toit des plus honnêtes gens.

Rien qu'à lire un pareil livre, il y aurait une grande joie; on le lit, on le regarde, on l'étudie, on s'en souvient; on se promène à travers ces belles images comme en un beau jardin tout rempli des plus belles fleurs : la tulipe et l'anémone en avril, les violettes de mai, le lis et la rose au mois de juin; les moissons d'août, les fruits de l'automne et les chrysanthèmes de l'hiver.

Les belles stances que le jeune poète ajoute à ces doux aspects représentent l'écho du paysage, et la douce chanson de la fauvette et du rossignol.

JULES JANIN.

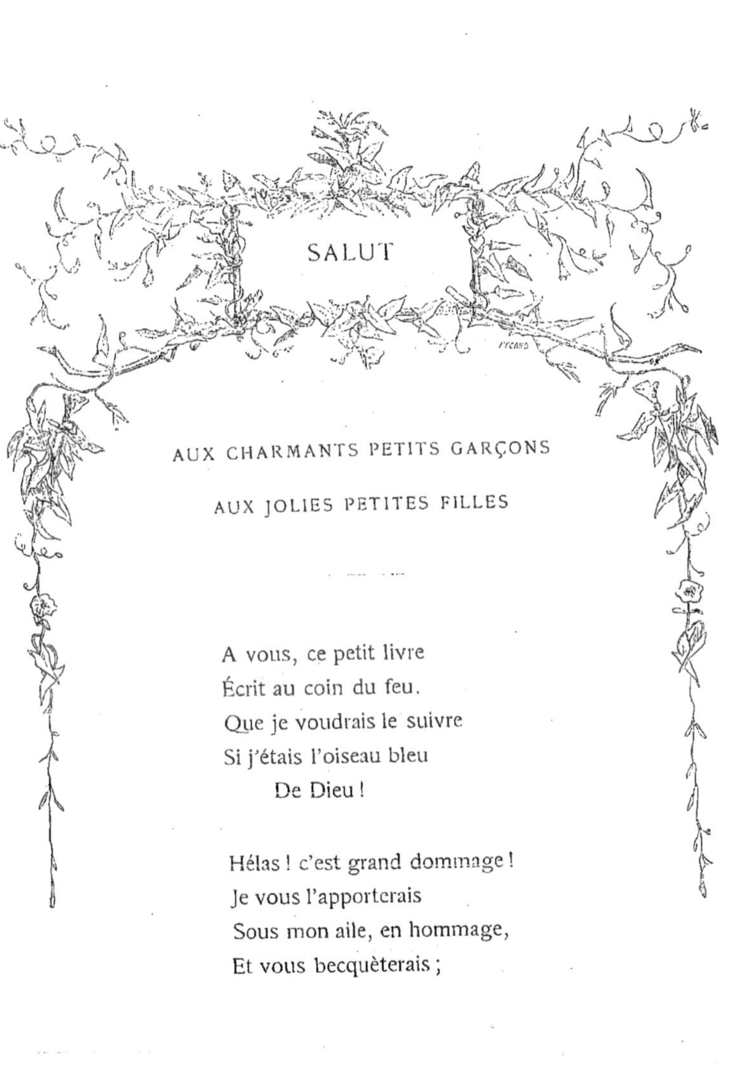

# SALUT

AUX CHARMANTS PETITS GARÇONS

AUX JOLIES PETITES FILLES

---

A vous, ce petit livre
Écrit au coin du feu.
Que je voudrais le suivre
Si j'étais l'oiseau bleu
De Dieu !

Hélas ! c'est grand dommage !
Je vous l'apporterais
Sous mon aile, en hommage,
Et vous becquèterais ;

Dans de belles images
Vous montrant les portraits
De Jésus, des Rois-Mages,
Pour vous peints tout exprès.
Moi, j'ai fait le ramage ;
Mon ami le plumage.
C'est joli ! Vous verrez.

Que devant mes Histoires
Le cœur vous soit joyeux !
Mais si leurs pages noires
Ensommeillaient vos yeux...
Tant mieux !

# I

## *Un vieux saint Nicolas de Bois*

Hosannah ! Hosannah !

Il neigeait. — Le bon Dieu avait ouvert les ruches du paradis des anges, et leurs abeilles blanches s'étant envolées, voltigeaient partout sur la terre des hommes.

Il neigeait. — La cabane de la montagne s'entourait d'hermine jusqu'à la collerette de son toit ;

La chaumière de la colline jusqu'au rebord de ses fenêtres ;

La maisonnette de la plaine jusqu'à la première marche de sa porte.

C'était en décembre, le mois où les pauvres ont froid, les oiseaux faim et les enfants bon cœur.

Accroupis devant le grand feu de votre mère, vous songez aux mendiants qui grelottent ; et, assis au copieux repas de votre père, vous plaignez sans doute en soupirant les rossignols qui n'ont plus à manger ; car le bon Dieu a jeté la nappe sur la table, une belle mais triste nappe de neige. — C'est en cette saison que sont pardonnés aux enfants tous leurs petits péchés de l'année, s'ils font aux malheureux l'aumône de quelques sous de cuivre et aux oiseaux la charité de quelques miettes de pain.

Enfants, voyez-vous là-bas, à travers le brouillard, entre le bois et l'étang, une maisonnette coiffée d'un toit de chaume ?

Devant elle, les sapins balancent avec leurs grandes palmes chargées de neige, comme les blanches plumes de vos chapeaux des dimanches.

Derrière elle, les chênes, sous leurs branches défeuillées et glacées de givre, semblent des candélabres de sucre candi.

Mais entrons vite, il fait si froid dehors !

Bonsoir, monsieur le bûcheron. — Bonsoir, madame la bûcheronne. — Mes petits enfants, bonsoir. — La terre est un peu obscure. J'aurais peur de ne pas reconnaître mon chemin, et la bise souffle si méchante qu'elle m'égratigne au visage. — D'ailleurs, c'est nuit de Noël. — Vous allumerez bientôt la grosse bûche sainte, et je demande une place sous le manteau de votre cheminée, à côté du petit grillon mon ami. — Bientôt aussi vous dresserez la table pour le réveillon de minuit, et je sollicite la part qu'on garde au pauvre aujourd'hui, pour la manger avec vous et de prier le bon Dieu qu'il vous conserve du pain dans la huche et de la pitié dans le cœur.

Vous croyez sans doute que c'est moi, le conteur, qui dis cela ? — Non ! — C'était un bon vieux mendiant qui avait une longue barbe givrée, un large chapeau sur les yeux, une besace au côté et un bâton à la main. — Il se tenait debout au seuil de la porte ouverte où le vent entrait et secouait, pour l'éteindre, la flamme d'or de la lampe.

Savez-vous ce que répondirent le bûcheron, la bûcheronne et les bûcheronnets ? — Ce que vous auriez répondu vous-mêmes, parce que vous êtes doux et compatissants :

— Entrez, vieux brave homme... et chauffez-vous. — En attendant, la marmite bout sur le feu.

Le vieux brave homme se reposa dans le fauteuil du père. — Le père, fumant sa pipe de bois d'où sortaient des lutins en manteau gris perle et azur du ciel, s'entretenait avec la mère.

La mère beurrait, salait la soupe et coupait la miche, en surveillant les enfants.

Les enfants, cheveux embrouillés et coudes aux genoux, étaient assis sur des escabeaux dans tous les coins de la cheminée. — Il y avait quatre marmots. — Avec leurs grands yeux bleus ils regardaient le mendiant. — Car il paraissait si âgé qu'il pouvait savoir peut-être bien des histoires, et portait l'air si bon qu'il devait assurément les raconter avec plaisir.

— D'où venez-vous, pauvre vieux ?

— Pas de très loin, mes petits. — Je suis un peu votre voisin : aussi je vous connais. Toi, tu es Pierre, point paresseux, mais quelquefois méchant. — Toi, Jacques, si tu as le caractère doux, tu fais souvent la grimace au travail ; il te plaît davantage de courir aux merles, de creuser des sifflets dans les noisettes et d'atteler des hannetons. — Toi, la sœurette Jeanne, pour te laisser un peu trop gâter par tes frères, tu ne les en aimes pas moins, et aides déjà à ta mère, qui a tant de besogne au logis. — Et toi, Baptiste, n'es-tu pas le grand frère aîné qui veille sur les cadets, les secourt, leur garde toujours le

meilleur de ton cœur et le plus beau morceau de ton pain ? — Dieu le Père,

mon cher Maître (et le mendiant ôta son chapeau par respect), vous chérit, il me l'a dit tantôt !

— Vous connaissez Dieu le Père ?

— Assez. — Je n'ai pas un coin de champ en ce monde, mais je possède de grandes fermes en l'autre.

— Et vous croyez que le bon Dieu nous aime ?

— J'en suis sûr.

— Et qu'il sait notre nom ?

— Oui. Vos anges gardiens, en revenant de votre baptême, le lui ont apporté, il n'y a pas fort longtemps. — Son fils Jésus viendra sans doute vous voir aujourd'hui, nuit de Noël. C'est sa nuit de visite chez les enfants qu'il a bénis.

— Aussi, vieux pauvre, ressemblez-vous au saint Nicolas de l'église, vous savez ? celui qui se tient dans une niche à côté de l'autel. Nous l'aimons bien, allez ; parce qu'il est le saint de notre père et le patron des petits enfants.

C'était Jeanne qui parlait de la sorte.

Le mendiant souriait.

Voilà que Minet, le chat, qui, droit sur ses pattes de devant, fermait l'œi et se chauffait, s'en vint frotter ses oreilles contre les jambes de l'étranger, en miaulant amicalement. Pierre voulut le chasser.

— Ne sois point méchant, Pierre ; laisse le minet me dire bonsoir. Puisqu'il a reçu la vie, il a reçu l'amour. Comme l'homme, il a le droit d'aimer et de vivre.

Et voilà que le mince grillon aussi, qui était par là blotti derrière la plaque noire dans sa chambrette de suie, entendant une voix qui n'était ni celle des enfants, ni celle du feu, ni celle du chat, ni celle du pot qui bout, ni celle du rouet qui ronfle, passa sa tête étourdie par un trou et se mit à dire : Cri-cri. — Pierre essaya de le faire taire en le grondant.

— Pierre ! Pierre ! laisse le grillon élever la voix. Ne t'ai-je pas appris qu'il était mon ami ? Quand je voyage, lui dans le sillon, moi sur le sentier, nous cheminons de compagnie, et il me chante en route les chansons des brins d'herbe, des épis mûrs et des laborieuses fourmis. Quand je reçois, sur la brune, l'hospitalité dans quelque chaumière, je le retrouve au coin des chenets, qui me crie : Bonne nuit ! bonne nuit !

— En attendant le souper, continua l'étranger, voulez-vous que je vous dise une histoire... l'histoire de la naissance du petit Jésus ? — On la conte depuis dix-huit cents ans aux hommes, et ils ont toujours même plaisir à l'entendre.

— Oh ! vieux pauvre, quelle joie !... Approchez vos gros souliers du feu... Voyez comme ils fument !... Il y a bien de la neige dehors !

Et les enfants se rapprochèrent en appuyant les coudes sur leurs genoux et en mettant le menton dans les deux mains.

— Jacques, ferme soigneusement la porte... Quel vent !... il hurle plus que le loup !

— Baptiste, avance un peu la bûche... et toi, Jeanne, donne un coup d'épingle à la mèche de la lampe.

Le vieux pauvre commença ainsi :

« Il y avait une fois sur la terre un roi de Judée qui s'appelait Hérode et gouvernait depuis quelques années ; et il y avait aussi dans le ciel un Roi, Dieu le Père, qui règnait depuis toute l'éternité.

« Une nuit, la même, — il faisait un temps pareil au temps d'aujourd'hui, — le grand Roi du ciel s'accouda au balcon de son paradis. — Dans l'air couraient des nuages qui cachaient les étoiles. — Il vit la terre bien triste là-bas ; elle allait s'endormir, et il aperçut dans un pan de l'ombre un village qui s'appelait Bethléem de Juda, Éphrata, ce qui veut dire : Fertile, en langage israélite.

« Il se souvint avec douleur que les hommes étaient méchants ; qu'ils commettaient de gros péchés malgré le déluge du monde et l'incendie de Gomorrhe et qu'il avait promis de leur envoyer son Fils pour les rendre enfin sages et leur montrer le bon exemple.

« — Allons ! dit-il avec un soupir, qu'il soit fait comme je l'ai annoncé.

« Alors il détacha de la main gauche une des étoiles de sa couronne de roi et la jeta dans les nuages.

« Elle était de feu... Elle se mit à tourner.

« Votre père a dû vous la montrer par les nuits bleues de l'été. Ensuite il appela ses anges les Trônes, les Séraphins, les Dominations, pages et capitaines de sa cour.

« — Descendez à Bethléem, la plus petite des villes de Juda, comme l'a écrit mon prophète Michée. — Je vais y conduire l'enfant Jésus. Volez l'annoncer aux bergers de Madian, aux laboureurs d'Hébron et aux vignerons d'Engaddi. — Partez ! je veille sur vous.

« Les anges s'inclinèrent.

« Ils connaissaient le chemin, parce que là autrefois David avait gardé les troupeaux dans son enfance, et Ruth glané des épis aux champs de Booz, un riche seigneur.

« Les anges ouvrirent donc leurs ailes et partirent comme une volée de tourterelles.

« Ils longèrent les murailles de Jérusalem, la grande ville du roi Hérode, jusqu'à la piscine de Bersabée, et prirent le chemin de Bethléem ; ils saluèrent en passant l'olivier du prophète Élie ; dans les montagnes, les coteaux de Rama. Entrant à Bethléem par la porte de Jérusalem, ils s'arrêtèrent près de la citerne de pierre où les habitants venaient, le soir, tirer de l'eau pour remplir leurs cruches et pour abreuver leur bétail.

« Il faisait bien sombre et il neigeait.

« Toutes les maisonnettes pâles et carrées de Bethléem dormaient. Aux terrasses, on voyait les nids vides des cigognes; car devant l'hiver, les cigognes étaient parties s'en allant passer la dure saison blanche en plus chaude contrée.

« Çà et là, se balançaient quelques arbres, des oliviers semblables à des parasols verts de l'été et quelques sycomores dépouillés de leurs manteaux et de leurs couronnes de printemps. — Dans Bethléem, comme un diamant sur la robe noire de la nuit, une seule lumière brillait, la lumière de l'hôtellerie où couraient loger les voyageurs et les étrangers.

« C'est vers elle que les anges se dirigeaient en chantant, si doucement, que les gens du village, un peu endormis, croyaient entendre la bise passer dans la rue.

« Or, c'était l'époque où l'empereur des Romains avait ordonné que les gouverneurs lui envoyassent les noms de tous les habitants de son empire.

« La tribu de David devait être inscrite à Bethléem où David, le vieil ancêtre, était né.

« Les uns avaient quitté leurs troupeaux et descendaient du Liban sur des ânes robustes, les jolis ânes de Judée.

« Les autres venaient des villes au delà du Jourdain, le fleuve où Jésus-Christ fut baptisé par Jean-Baptiste, qui mangeait des sauterelles dans le désert.

« Ceux-ci descendaient de Bozra, où ils teignaient de pourpre les manteaux des Juifs riches.

« Ceux-là avaient laissé Mizraïm, où pousse le lin et où se tissent les tuniques des prêtres.

« Voilà pourquoi les routes étaient encombrées de chariots, d'ânes, de chameaux, de dromadaires, tous chargés d'hommes, d'enfants, de vieillards, de femmes en robes de pourpre et la tête enveloppée d'un voile blanc.

« Les pauvres dressaient leurs tentes dans la ville, au coin des rues, sur les places, contre la margelle des citernes... où ils pouvaient.

« Les riches heurtaient hardiment à l'hôtellerie, où ils étaient bien reçus, car ils avaient soin de frapper, en interrogeant l'hôtellier, sur l'or de leurs escarcelles.

« Il y avait donc dans l'hôtellerie de nobles étrangers qui mangeaient à de longues tables et parlaient de leur pays.

« Il y avait des marchands qui se chauffaient autour du feu et comptaient leurs profits sur les doigts.

« Il y avait des lévites sur des bancs qui priaient le Dieu d'Israël, Jéhovah ! et récitaient des paraboles.

« Il y avait en cercle sous la cheminée des mages qui s'entretenaient d'astronomie, d'agriculture et des émeraudes vertes de l'Égypte, tirées des puits de Coptos.

« De copieux repas cuisaient devant l'âtre; les broches tournaient; on vidait les amphores de vin dans des vases de terre de Ramla. Servantes et serviteurs couraient çà et là... Les chiens grognaient dans les coins et un grand flamboiement de feu éclairait de rouge toute cette scène.

« Mais proche de l'hôtellerie se trouvait, à demi creusée dans le rocher, une étable abandonnée, bien pauvre, bien délabrée, tendue de toiles d'araignées grises de poussière. Les murs avaient des fentes par où pleurait le vent; les planches pourries du toit, des trous par où voltigeait la neige.

« Un berger misérable, cette nuit, y abritait son bœuf.

« Là grelottait une jeune femme en manteau bleu, en robe rouge et en voile blanc. — Elle était blonde. — Belle et tendre comme votre mère, quand, le matin ou le soir, elle vous embrasse au front.

« Elle regardait avec ravissement dans la crèche un enfantelet qui venait de naître.

« Le pauvre petit — grande pitié ! — était tout nu sur un peu de paille. Il dormait ; et la jeune femme, en souriant, le caressait doucement pour ne point le réveiller.

« C'était sa mère, la sainte Vierge Marie, une femme de Nazareth, venue aussi à Bethléem pour se faire inscrire aux registres de l'empereur.

« A côté d'elle se tenait saint Joseph le charpentier, son mari. Il paraissait un peu âgé, avait le dos courbé, les mains rudes et saintes de l'ouvrier ; mais l'air si bon ! — Son manteau, contre le mur, défendait l'enfant de la bise ; et une botte de paille, à la fenêtre, arrêtait la neige et le froid.

« Il n'osait parler haut, le pauvre vieux charpentier !

« De chaque côté du petit Jésus le bœuf du berger inconnu, et l'âne de saint Joseph, sur lequel il était venu de Nazareth avec Marie, restaient debout.

« L'un et l'autre n'avait garde de manger la paille où reposait l'enfant ; mais de leurs grands yeux ronds tous deux, le considérant avec surprise, ouvraient leur bouche qui fumait, et avec leur respiration, essayaient de réchauffer le nouveau-né. — Car si les hommes ont pitié pour les bêtes, les bêtes ont quelquefois compassion pour les hommes.

« On entendait au dehors mugir le vent, tourbillonner la neige ; au dedans le bœuf et l'âne souffler, et, plus loin, rire et chanter dans les cuisines de l'hôtellerie.

« Voilà le Fils que le bon Dieu, Seigneur du Paradis et de l'univers, envoyait au monde, sans maison et sans habits, comme un petit mendiant, pour lui enseigner qu'il aime ceux qui ne possèdent rien et qui sont malheureux.

« Or, pendant ce temps, les bergers de Madian dans les champs, auprès des tentes de lin gardaient leurs troupeaux endormis. Ils étaient assis autour de grands feux qui flottaient à la bise ainsi que des voiles rouges, et s'y réchauffaient en racontant des contes et en chantant des chansons.

« Tout à coup, ils aperçurent dans l'air auprès d'eux des anges, des séraphins, des archanges.

« Leurs ailes et leurs robes blanches brillaient comme l'argent; leurs chevelures blondes et la couronne de feu de leur tête, comme l'or; et ils voltigeaient, semblables à des bourrasques de neige.

« Les bergers ignorants eurent peur.

« Mais comme les anges chantaient et souriaient, ils écoutèrent.

« Les anges disaient :

« — Hosanna ! Hosanna ! — L'enfant Jésus est né. — Courez vite à Bethléem. — C'est le Roi des rois ! le Dieu du ciel ! le Seigneur de la terre ! — Aussi, les roses de Jéricho se sont ouvertes; les vignes d'Engaddi ont fleuri. — Gloire à Dieu au plus haut des cieux et paix sur la terre aux hommes de bonne volonté ! — Partez ! — A Bethléem ! à Bethléem, la plus sainte des villes de la Judée ! — A Bethléem !

« — Comment irons-nous ? demandaient les bergers.

« — Derrière son étoile, l'étoile de Jacob, prédite par Balaam. C'est celle que Dieu le Père a envoyée pour l'annoncer au monde et l'amuser dans son berceau. Elle vous conduira.

« — Où le trouverons-nous ?

« — A Bethléem ! à Bethléem ! répétaient les anges.

« Puis ils disparurent.

« Alors les bergers surpris, prenant leurs besaces et leurs houlettes, allumant leurs lanternes, s'en allèrent vers Bethléem bras sous le bras et en suivant les longs chemins dans l'obscurité.

« Quand ils rencontraient d'autres pasteurs, ils les éveillaient et leur disaient : — Venez à Bethléem ; il est né, le petit Jésus, le Messie !

« En passant dans les hameaux, ils heurtaient aux portes, criant : — Suivez-nous à Bethléem, nous allons voir le fils de David.

« Et ceux qui se joignaient à eux, en hâte, chargeaient leurs têtes de corbeilles en feuilles de palmier, pleines de présents pour le petit enfant.

« Les pasteurs entrèrent essoufflés dans Bethléem, la bourgade bénie. Mais où se diriger ? Qui leur indiquera la demeure de Jésus ?

« Il n'a pas, comme les rois de la terre, des pages sous les galeries de son palais ;

« Il n'a pas comme les empereurs de l'univers, des gardes armés le long de ses escaliers ;

« Il n'a pas, comme les riches marchands de Tyr et de Sidon, des serviteurs devant le perron de ses portes ;

« Qui conduira donc les bergers au berceau du Messie ?

« Personne dans les rues. Toutes les maisons sont fermées.

« Levant les yeux, ils aperçurent l'étoile qui les conduisait. Elle avançait : ils la suivirent.

« Ils voulurent s'arrêter devant le château du gouverneur ; mais l'étoile marchait.

« Ils voulurent s'arrêter au palais du grand prêtre ; mais l'étoile volait encore en avant.

« Ils voulurent s'arrêter, enfin, au comptoir des changeurs d'or ; mais l'étoile avançait toujours.

« Elle ne s'arrêta que sur l'étable abandonnée, proche de l'hôtellerie. — Les bergers crurent qu'elle se trompait ; cependant l'étoile scintillait dans le ciel et ne cheminait plus.

« Alors ils virent sur le toit de paille, malgré le froid, de petits oiseaux étrangers descendus du paradis et qui chantaient :

« — Venez vite, venez vite ! Il dort, l'enfantelet... Nous n'avons point, hélas ! assez de plumes pour lui faire un lit bien chaud ; mais son Père, qui nous habille, saura habiller son pauvre petit... Nous sommes venus éveiller les oisillons de la terre pour leur apprendre les cantiques de l'Hosanna et endormir Jésus au gazouillement de nos chansons... Nous sommes les oiseaux... les petits oiseaux... les petits oiseaux du bon Dieu.

« L'étoile répondait :

« — Chantez bas, mignons, chantez bas... N'interrompez point sommeil de l'enfant... Allez becqueter la neige afin de découvrir quelq fleur d'hiver qui le fasse sourire quand il ouvrira les yeux... De ses main il lissera vos plumes et de ses lèvres il baisera vos becs.

« Le vent parlait à son tour :

« — Hou !... hou !... je pleure doucement pour ne pas effrayer l'enfant. Hou !... hou !... de mes deux ailes je fouette la pluie dehors et je balaie neige, de crainte qu'elles ne mouillent la crèche et le petit. Hou !... hou ! Ma belle étoile, éclairez-moi... éclairez-moi, ma bonne étoile.

« C'est assurément ici, dirent les bergers.

« Ils entrèrent donc. — Ils aperçurent la Vierge Marie, saint Josep l'enfant Jésus ; et autour, des anges qui, les ailes refermées, adoraient Messie. — Quelques-uns, perchés sur les râteliers des animaux, jouaient la viole et pinçaient de la harpe. — D'autres, voletant aux poutrelles l'étable ou se balançant dans les toiles d'araignée, chantaient les chansons l'infini, écrites sur de longs rubans d'argent.

« Un séraphin d'une figure timide et souriante, debout à côté de l'enfa tournait lentement le manche d'une vielle... L'enfant seul entendait ce musique, qui le berçait et l'endormait.

« Les bergers n'osaient approcher ; et comme les deux plus vieux vir que le bœuf et l'âne réchauffaient le petit, ils leur donnèrent un peu d'o d'une main, et de l'autre les caressèrent.

« Le bœuf et l'âne regardèrent les vieillards avec bonté et recommencèr à souffler sur les jambes et les bras rougis du nouveau-né.

« Les bergers s'étaient jetés à genoux. — Les vieux pâtres déposèrent dev la Vierge des peaux de brebis et des manteaux de poil de chèvre p l'habiller.

« Les paysannes, pour le nourrir, sortirent de leurs corbeilles des œufs, beurre frais, des jattes de lait et quelques fruits conservés sur la paille des hut

« Les fils des pasteurs lui avaient apporté des rayons de miel enlevés aux abeilles, pendant l'automne, dans les troncs morts des cèdres du Liban. — C'étaient de beaux gâteaux d'or que les mouches avaient cueillis miette par miette au fond des calices argentés des fleurs de térébinthe et dans les roses de Saaron.

« Les garçons plus âgés firent avancer un jeune faon de gazelle, ravi à sa mère pendant qu'elle courait le bois... un jeune faon du mont Carmel. — Son œil était peureux, mais il ne fut point effrayé. Il s'approcha de la crèche et lécha amicalement la main de l'enfant Jésus.

« Alors l'étoile, qui regardait par une fente du toit, dit :

« — Maintenant, je vais loin, fort loin, chercher les rois mages, pour qu'ils rendent visite au Sauveur et lui portent quelques beaux présents de leur pays. — Leur demeure est là-bas... aux quatre coins de l'Orient. — L'un habite le royaume de Perse, où le soleil se lève à l'extrémité de l'Océan... L'autre viendra de l'Arabie Heureuse après avoir franchi les contrées de Chavil et les déserts de Chuz... Le troisième, règne aux confins de l'Égypte et de l'Éthiopie, près des ruines immenses de Babylone et dans le pays des dattiers... La terre est grande... Je dois amener Balthazar, Melchior et Gaspard... Je pars vite... bien vite !

« Et l'étoile se mit en voyage du côté de l'Orient, dans son léger chariot aux roues d'or. »

— Voilà mon histoire, mes enfants. N'est-ce pas qu'elle est jolie ? Vous n'avez point dormi et pas un n'a bâillé... — Merci pour le conteur.

Les enfants sourirent — et ils se rapprochèrent du vieux mendiant avec admiration.

Il y avait de la joie sur leurs lèvres, dans leurs yeux et au fond de leur âme.

— Maintenant, bûcheronnets, reprit le saint conteur, chaque nuit de Noël où Jésus est né, il descend sur la terre chez les enfants, ou envoie ses anges les visiter. A ceux qui ont été sages, il laisse des bonbons et des joujoux dans les souliers ; à ceux qui ont été méchants et désobéissants, il apporte des verges. — Cette nuit, il s'arrêtera ici.

— Croyez-vous, vieux mendiant ?

— J'en suis sûr : dans la carte du paradis, votre maisonnette est marquée sur le chemin des enfants bénis. — Balayez donc un peu la cuisine ; décrochez les toiles d'araignée, et rangez vos sabots sous la cheminée avant d'aller dormir. Jésus vous apportera de jolis cadeaux et un beau rêve. — C'est moi qui vous le jure, foi de saint Nicolas ! Ne vous ai-je pas dit, d'ailleurs, que je le connaissais un peu ?

— Mon Dieu ! nous avons bien été quelquefois gourmands, colères et menteurs... mais nous n'y reviendrons plus... jamais plus !

— Le petit Jésus l'oubliera alors, puisque vous lui promettez de vous corriger.

— Nous le lui promettons de tout notre cœur.

— Eh bien, au revoir ! — Je pars.

— Déjà ?... Mais le vent est toujours froid !... mais il neige encore ! Restez pour vous chauffer. — Notre mère va servir le souper... et vous direz le Bénédicité.

— Merci, mes enfants. — J'ai beaucoup de chemin à faire avant minuit... Je vous reverrai là-bas, à notre église, du haut de ma niche, le château que le bon Dieu m'a donné pour passer le reste de la vie de ce monde jusqu'à l'éternité.

— Adieu donc, grand saint, le patron de notre père. Ne nous oubliez pas !

— Bon voyage et gardez-vous de la bise.

Et les petits enfants accompagnèrent à la porte le vieux mendiant. — Malgré la froidure, ils le regardèrent s'effacer et disparaître dans l'ombre ;

puis ayant tiré le verrou, ils revinrent se chauffer tout joyeux, en attendant le souper, la prière et le lit.

Pendant ce temps, le vent chantait des chansons un peu tristes sous le toit de la chaumière.

## II

### *Le Traîneau,*
### *le Chariot et les Présents du petit Jésus*

Le ciel est noir. — Il n'est pas loin de minuit.
Le sommeil a fait sa ronde et fermé tous les yeux.

L'horloge seule ne dort point à la cime du clocher; car, d'heure en heu elle élève sa grosse voix que l'hiver n'enrhume pas.

La lune quelquefois se montre derrière les nuages.

— Où sommes-nous? où sommes-nous?

— Enfants, n'ayez point peur. Voici le chemin bordé de saules. Les saul n'ont plus de feuilles et leurs branches brillantes de givre au clair de la lu frissonnent comme si elles avaient froid. Les troncs forment des visag noirs semblant s'avancer sur la route pour voir qui passera. — Car, la n de Noël, on voit monter les âmes des vieux qui meurent, descendre les âm des jeunes qui naisssent, aller et venir les anges gardiens s'envolant rapport à Dieu ce que font et pensent leurs protégés.

A droite du chemin dort un grand étang gelé.

Au printemps, les canards sauvages y naviguent comme de légers batea d'argent; les grenouilles y chantent en chœur, dans les touffes des roseau leurs chansons de noce et de baptême; les fleurs des nénuphars ouvrent s l'eau leurs calices de toile fine, des ombrelles où courent se reposer à l'a du soleil les insectes qui patinent sur l'étang au bout de leurs longu pattes.

Mais aujourd'hui, ni canards, ni grenouilles, ni fleurs, ni patineurs : ri qu'un grand miroir où se mire la lune, où le vent roule la neige.

A gauche du chemin est la chaumine couverte de paille où tout à l'he le mendiant contait une si jolie histoire.

La hutte du pauvre Nicolas, bûcheron l'hiver, pêcheur l'été. Il a bien mal à nourrir sa famille, mais il espère toujours en Dieu, qui habille fleurs de la vallée et donne à manger aux petits des oiseaux.

Le contrevent d'en bas est fermé, la porte close au verrou. — On surprend pas un rayon de lumière le long des fentes. — Assurément, bûcheronnets sont couchés.

Au loin, là-bas, au bout du chemin, derrière les arbres, monte le cloc

Leop. Flameng inv & sculp

de l'église. Il est effilé comme un fuseau et haut, très-haut, pour accrocher le manteau des anges en voyage et leur crier : — Eh! messeigneurs, il y a là un petit village modeste dans les feuilles; donnez-lui votre bénédiction en passant et dites-en un mot au paradis.

Ce soir, il semble qu'il porte un long bonnet pointu et blanc, le clocher; à voir ses quatre larges ouvertures noires, on croirait qu'il bâille et que les cloches sont ses langues qui vont remuer pour chanter : Mes enfants, mes enfants, si vous êtes éveillés, priez un tantinet le bon Dieu... Dans la nuit, il vous entendra mieux; puisque c'est l'heure où il écoute ses fleurs s'ouvrir, ses brins d'herbe pousser et sa cigale pleurer les nuits de l'été qui s'en vont.

— Monsieur le conteur, qu'aperçoit-on là-bas, au coin de l'étang?

— Est-ce un chariot de feu qui s'avance?

— Est-ce un autel illuminé?

La neige voltige autour comme une volée de papillons blancs en automne ou une pluie de fleurs de cerisier au printemps.

— Ah! que voyons-nous? le petit Jésus lui-même!

C'est son jour de voyage que le jour de Noël.

Par faveur, il vient de ce côté. Car, cette nuit-là, ce sont ses anges qu'il envoie de préférence à travers le monde et qui descendent dans les cheminées jusqu'aux souliers des enfants. — Mais saint Nicolas lui a tellement répété que les petits du bûcheron étaient pauvres et sages, qu'il a dit à saint Nicolas :

— J'irai moi-même, grand saint, et vous m'accompagnerez.

— Ah! très-volontiers, Monseigneur! a répondu le bon Nicolas.

Les enfants misérables sont les amis de Jésus, parce qu'il a été misérable comme eux. — Ils pleurent quelquefois de faim, grelottent souvent de froid, et il faut bien les consoler un peu, ces pauvres petits! — Qu'il aime mieux aussi les enfants riches, quand ils obéissent à leur mère, ne contrarient point leurs frères et ne battent point leurs bonnes!

Il leur garde à tous des fauteuils en son paradis, auprès d'un grand feu d'étoiles; et là il leur conte des récits longs... longs comme tout demain, que les saints viennent derrière eux écouter en foule.

— Qu'apercevons-nous maintenant?

Des anges qui l'accompagnent. — Saint Nicolas marche en avant. — Tous portent des lanternes d'argent forgées au Paradis par saint Éloi, l'orfèvre du bon roi Dagobert. Dedans ils ont piqué une étoile : voilà pourquoi il n'en paraît point cette nuit-là au ciel, car les anges les ont prises pour s'éclairer, et il y a tant d'enfants sur la terre chez qui vont leurs anges gardiens!

Voici le petit Jésus assis dans un traîneau, qui, pour filer plus vite, est monté sur deux minces lames d'argent recourbées.

Ma foi, un joli traîneau, et comme il glisse légèrement!

Autour de Jésus sont des jouets, des bonbons, des joujoux, une montagne de belles choses.

L'enfant est content; il frappe ses petites mains l'une contre l'autre, et il brille comme un diamant.

Des anges poussent le traîneau par derrière. — Autour, une multitude d'archanges volent en troupe d'étourneaux, agitant leurs lanternes et leurs torches. — De loin, on dirait des papillons de flamme ou des feux follets qui courent, se poursuivent, se dépassent. La neige fouettée par la tourmente les environne. — La glace réfléchit les lumières; et le cortège approche rapidement, en chantant des noëls dans cette langue du ciel que les enfants seuls comprennent quand ils dorment.

Que de jolies choses, vraiment, portent les anges sur leurs épaules dans des hottes, et sur leurs têtes dans des corbeilles! — Que de beaux jouets contient le traîneau!

Voici des chapelles, des lanternes, des encensoirs, des calices découpés et ciselés par saint Éloi.

Voilà des portraits de saints et de saintes, peints au paradis par Angelico de Fiesole, un moine artiste... et des copies du portrait de la Vierge, par saint Luc.

Ici des images bleues, rouges, avec des bordures dorées et argentées, qu'enluminèrent des bienheureux au fond de leurs couvents. — Images pour orner des livres de messe grands comme les feuilles de groseiller.

Des maisons, des arches de Noé, des polichinelles, des vaches et des moutons en bois, sculptés par saint Joseph.

Des bas tricotés par les saintes.

Des chemises cousues par les vierges.

Des collerettes et des manchettes brodées par les martyres.

Là, des toupies faites avec les cèdres du Liban — hautes montagnes chargées de neige, dont les arbres servirent à construire le temple de Salomon le plus magnifique temple du monde.

Des croix pour suspendre au cou, croix taillées dans celle de Jésus-Christ au Calvaire; un vieux pommier qui poussa au paradis terrestre et s'appelait alors « l'Arbre du bien et du mal ».

Des chapelets dont les grains sont des noyaux d'olives, ramassés au jardin des Oliviers, près de Jérusalem.

Que de cadeaux !

Il y a bien aussi ça et là quelques verges; mais si peu ! — et elles ne sont pas pour vous assurément, chers enfants qui m'écoutez, bruns petits garçons et blondes fillettes.

Le cortège approchait de la chaumière du bûcheron, pendant le temps que j'ai employé à vous raconter les trésors de Jésus.

Jésus l'aperçut le premier, à travers les saules.

— Est-ce là-bas, grand saint Nicolas ?

— Oui, Monseigneur... Les petits dorment... Ils rêvent de vous sans doute. Je leur ai tant promis que vous viendriez cette nuit !

— Et ils sont sages ?

— Ah ! Monseigneur, ne vous ai-je pas montré au départ du paradis le livre blanc tout relié de bleu où les anges gardiens écrivent leur vie ?

— Oui; aussi je les bénis, saint Nicolas. — Voilà des branches de saule qui refleuriraient au printemps. Petites branches, desséchez-vous! je vais ordonner au vent de vous briser, afin que le père bûcheron vous ramasse demain et allume un bon feu pour réchauffer sa famille.

— Merci pour les enfants, Monseigneur!

— Je jette une poignée de neige au fond de ce trou ouvert dans la glace de l'étang. — Devenez poissons, flocons blancs! afin qu'en été, le père pêcheur vous prenne en ses filets et serve de bons repas à ses petits.

— Merci pour les enfants, Monseigneur!

— Et vous, givre des branches, changez-vous en grains de millet et de chènevis : les oiseaux ne mourront point de faim et resteront longtemps autour de la maisonnette pour faire plaisir aux enfants.

— Merci pour les oiseaux et pour les petits, Monseigneur!

— Et je veux encore qu'en avril et mai beaucoup de violettes embellissent, embaument et réjouissent le chemin par où Pierre, Jeanne, Baptiste et Jacques s'en vont prier à l'église.

— Merci, mille fois merci! Monseigneur, veuillez me donner la main pour descendre du traîneau. — Nous devons prendre l'allée des saules; j'y ai fait amener votre chariot de Noël.

Et on laissa le traîneau dans les joncs du bord de l'eau.

Voici maintenant la grande allée de saules qui mène de la chaumière à l'église.

Au printemps, les branches font murmurer leurs feuilles vertes doublées de pâle et balayent de leur ombre la surface du grand étang.

En hiver, les rameaux givrés claquent à la bise avec un léger bruit de tristesse qui effraye les enfants engagés sur le sentier.

Le cortège du petit Jésus s'avance. Saint Nicolas avait dit vrai, le chariot de Noël attendait entre deux troncs vermoulus.

C'était un gros sabot, comme les pâtres paysans en évident aux veillées des nuits neigeuses pour traverser les champs boueux ou le ruisseau gelé. —

Mais on y avait entassé tous les jouets du paradis, et Jésus traînait derrière lui, au bout d'une corde, ce riche chariot de Noël.

Il glissait facilement sur la glace.

N'avez-vous pas vu, en effet, comme les enfants des plaines filent rapidement droits sur leurs sabots le long des chemins creux où l'eau dans les ornières est devenue glissoire? ou comme les petites filles des hameaux perchés, assises sur leurs deux sabots, descendent en tourbillon le penchant des collines couvertes par la neige?

Les anges accompagnaient encore le petit Jésus avec componction et en silence, écoutant le vent ronfler dans le tronc creux des saules comme un tambour, le givre craquer sous leurs pieds et le chariot de Noël froisser la glace.

Quand on va faire le bien quelque part, on marche ainsi avec un saint recueillement, car Dieu ou un ange est toujours alors à côté de vous, et il faut être respectueux en compagnie de Dieu ou de ses anges.

Sur le bord du chemin s'élevait une de ces grandes croix rouges, si hautes que les oiselets s'y abattent sans crainte, si tristes que les enfants ne se reposent jamais sous elles sans frissonner un peu.

Dans les villages des montagnes, les pauvres paysans d'autrefois, hélas! en plantaient çà et là à la lisière des routes pour faire pieusement souvenir du paradis.

Le petit Jésus l'ayant aperçue :

— Saint Nicolas, arrêtons nous un instant avant minuit. Nous attendrons ici l'heure promise aux enfants. — Voici d'ailleurs ma croix du Calvaire, sur laquelle je suis mort pour racheter les hommes. Ils l'oublient quelquefois ; mais je les ai sauvés et je leur pardonne. — Quelle est cette silhouette sombre dans les arbres?

— Monseigneur, les pointes des tourelles et du donjon d'un vieux manoir. — Ici, le château du riche, la grande aire de l'aigle ; là-bas, la chaumière du pauvre, le petit nid des passereaux. — C'est une vieille demeure crénelée, avec d'épaisses murailles, de longues meurtrières, de lourdes portes, des ponts-levis et des fossés.

— Y a-t-il des enfants en cette sinistre demeure ?

— Oui, Monseigneur ; et ils sont un peu les amis des bûcheronnets chez qui nous nous rendons. — Des enfants bien malheureux, Monseigneur, puisqu'ils n'ont plus leur mère !

— Pauvres petits ! Mon père veille toujours de préférence sur les orphelins ; car les mères sont les anges de la terre. — Qui de vous doit là-bas descendre cette nuit ?

— Saint Georges le cavalier, le patron des grands seigneurs. — Ces enfants sont de braves enfants, et ils pleurèrent tant un jour au petit cimetière du village, là-bas ! — Ils ont conservé l'antique coutume de l'Allemagne, le pays de leur aïeul, la coutume des arbres de Noël. Après avoir arraché à la forêt un jeune sapin, on l'a transporté dans la grande salle boisée. — Aux branches vertes, saint Georges suspendra, parmi des bougies éclairées, les cadeaux de Noël des enfants, sous le portrait de leur mère, afin qu'il leur fasse pleurer les saintes larmes qui comptent au ciel... Et que ce souvenir leur soit un doux refuge contre les péchés et les tentations. A l'arbre de Noël on attachera encore des sabres brillants et d'humbles chapelets, les armes de la terre et du ciel.

— Saint Nicolas, envoyez un de mes anges attendre à la porte saint Georges, et lui recommander d'inspirer à ces enfants l'amour de leurs petits voisins les bûcheronnets. Mon père a mis ainsi côte à côte le riche et le pauvre, afin qu'ils s'entr'aident et soient les uns pour les autres causes de bénédictions et de salut.

Les bienfaits font pardonner aux yeux de Dieu la fortune, et gagnent aux riches le paradis.

La misère et la résignation en face de la richesse ouvrent aussi aux pauvres le palais de mon père ; car tous sont créés pour être sauvés.

Qu'un des bûcheronnets devienne un jour le serviteur fidèle et probe du fils du seigneur, afin qu'ayant besoin l'un de l'autre, ils s'aiment et se souviennent qu'ils sont frères ici-bas et là-haut. — La vie est difficile ; il faut se soutenir pour être heureux et bien mériter de mon Père, lui qui envoie sa pluie de chagrins et d'afflictions aussi bien sur le toit d'ardoise que sur le toit de chaume.

— Le malheur est, en effet, la grande fraternité de cette terre ; on s'aime mieux, Monseigneur, si l'on souffre ensemble ; et l'on souffre avec plus de patience quand on s'aime mieux.

— Eh ! la croix de ma Passion, cette grande croix rouge sous laquelle nous nous abritons, n'est-elle pas placée sur le même chemin, sur le chemin commun ? Quand son ombre au soleil ou au clair de lune se couche et s'allonge en travers de la route, qui n'a pas un jour ou l'autre, marché sur elle ? Cette ombre qui reste invisible au fond de la vie, apporte à tous ceux qui l'ont franchie les misères et les souffrances. Reprenons notre chemin, saint Nicolas... Minuit est proche !

Saint Nicolas ayant parlé à un ange du cortège, ce dernier se détacha et prenant, contre la grande croix, un sentier dans le taillis, s'en alla à la porte du vieux château attendre saint Georges le cavalier, avec les recommandations du petit Jésus.

Le cortège divin se remit en marche et le sabot recommença sur la glace son étrange bruit glisseur, pendant que la bise soufflait dans les saules et leur faisait murmurer la chanson de l'hiver.

Tout en cheminant, le petit sauveur récitait les litanies des enfants bénis auxquelles répondait saint Nicolas.

— Qu'ils croient fermement en Dieu pour avoir une consolation dans les misères, un refuge devant les injustices et un recours contre les tentations.

— Ainsi soit-il !

— Qu'ils espèrent avec confiance en l'autre vie pour ne s'attacher point trop aux biens de ce monde et pouvoir les perdre sans désespoir.

— Ainsi soit-il !

— Qu'ils aiment leur prochain, lui viennent en aide ; à côté de l'aumône matérielle, faisant l'aumône morale, la plus difficile et la meilleure.

— Ainsi soit-il !

Cependant la chaumière apparaissait paisible, endormie, à la lisière de la forêt.

Encore quelques pas et la voici !

— Nous sommes arrivés, Monseigneur Jésus. — Le toit est vermoulu : il pourrait s'effondrer... prenez bien garde, Monseigneur !

— Oh ! les pauvres gens !... les pauvres gens !

Les anges couvrirent le chaume, grimpant en hâte jusqu'à la cheminée.

Avec leurs lanternes, on les eût pris pour de petites mouches d'or voltigeant dans la neige sur le toit de paille de la maisonnette.

## III

*Ou Jésus fait à une rangée de Sabots, de grands Sermons et de petits Cadeaux*

Minuit sonnera bientôt. — Regardez l'horloge de la chaumière. — Droite et noire en un coin, elle monte jusqu'au plancher.

Dans sa caisse de bois, entendez son balancier parler seul et dire continuellement : Nais ! meurs ! Nais ! meurs ! — En effet, hélas ! chaque fois que tombe son tic-tac, un homme arrive et un homme s'en va dans l'immense univers.

Minuit sonnera bientôt : car le coucou sort déjà la tête de sa porte de feuillage et attend pour chanter que l'aiguille ait arrêté sur l'heure son doigt de cuivre.

La cheminée est grande ; elle a un vaste manteau comme un vaste éteignoir.

Contre le mur pend la crémaillère.

Voilà le palais du petit grillon, monsieur le grillon, l'hôte du foyer. Il chantait sous le bois, au pied de l'arbre. L'arbre est abattu, on le couche sur un char et on le traîne à la chaumière ; le grillon suit. — Il entre avec la bûche dans la cheminée ; c'est un petit croque-mort vêtu de noir. — Il accompagne celle qu'il aima ; elle brûle, il la pleure ; elle se consume et il lui chante les dernières prières.

Les murs du palais à messire le grillon sont tapissés de tentures de suie noire ; le plancher est couvert de cendres grises. — Il a sa chambrette derrière la plaque et pour tous meubles un fagot de ramées, un grand fauteuil et deux escabeaux.

Le grand fauteuil est celui du père, maintenant ; mais l'aïeul s'y chauffa dix ans sans bouger, et le bisaïeul y mourut.

Saint fauteuil des vieux. On ne l'a jamais changé de place, et autour de lui les marmots toujours sont venus baiser les boucles blanches des cheveux de l'ancêtre. — Les escabeaux furent de temps immémorial les sièges des petits enfants ; ils représentent aux deux côtés du fauteuil, le Fils et le Saint Esprit, à la droite et à la gauche du Père éternel.

Il y a encore pour compléter l'ameublement de monsieur le grillon, deux hauts chenets de fer qui semblent ses deux chevaux droits dans les cendres et prêts à partir la bûche sur le dos.

Le grillon ne dort pas. Il a secoué ses habits de velours noir; il est sorti de derrière la suie et lève la tête pour voir le ciel par le trou de la fumée.

Maintenant, il se confond à saluer la compagnie; car la compagnie descend brillante et nombreuse par la cheminée.

— Monseigneur le petit Jésus, soyez le bienvenu... Je vous attendais... Donnez-moi votre bénédiction, pour que je me chauffe sans me brûler et que je chante aux enfants sans les ennuyer... Je ne suis jaloux de personne, pas plus de l'éléphant que du ciron, et me trouve très-satisfait de la miette de vie que je mange à votre table... Petit Jésus ! bénissez-moi !

Le petit Jésus caressa le grillon avec une plume de l'aile des anges; et le grillon priait tout bas.

Les grands chenets étaient froids et immobiles. — Avec leur face de démon, ils n'osaient souffler mot.

Il ne restait au foyer que des cendres tièdes où se blottissaient quelques bluettes de feu qui ne voulaient pas mourir encore. Elles se montrèrent et s'éteignirent.

Un morceau de bûche noircie fumait un peu en travers de l'âtre : c'était le débris de la bûche de Noël. Elle alluma une frêle flamme pour réchauffer le divin Enfant, une frêle flamme bleue et rouge qui sautillait de joie. De chaque côté de la cheminée, les anges, après avoir secoué la suie de leurs ailes, s'étaient rangés comme des espaliers chargés de fleurs; ils avaient accroché leurs lanternes aux anneaux de la crémaillère et tenaient à la main des harpes d'or avec des cordes d'argent et des lyres d'argent avec des cordes d'or.

L'un accordait la harpe du roi David, que le roi David avait prêtée, mais pour cette nuit seulement.

L'autre portait la Lyre d'étoiles qui brille, la nuit, dans le ciel et que les astronomes connaissent, la Lyre de l'hémisphère boréal, avec ses dix cordes rattachées en haut et en bas par des clous de feu. Dieu le Père l'avait enlevée du firmament et confiée à un de ses anges (en lui recommandant particulièrement d'en avoir soin), pour jouer une délicieuse musique aux protégés de son fils.

Ah ! mes enfants ! mes enfants ! j'ai bien entendu, parce que je suis un savant, la musique que font les coquelicots et les bluets dans les blés, quand le vent froisse les épis ;

J'ai bien entendu les sérénades que donnent les étoiles filantes en dansant dans le ciel à la porte du bon Dieu ;

J'ai bien entendu les concerts des gouttes d'eau qui pleurent dans l'eau sous les grottes des rochers ;

Mais jamais je n'entendis rien qui fût doux, mélancolique et ravissant comme ce concert des anges dans la nuit de Noël !

Ils jouaient si délicatement, que les cendres du foyer valsaient avec les étincelles de la bûche ; que les araignées émerveillées descendaient au bout de leurs fils.

Cela était si beau, que la lune passa un rayon curieux par la cheminée, et que le vent, descendant un peu, commença à appeler tout bas aux fentes des portes et du volet pour entrer.

Voici ce que les anges chantaient en s'accompagnant :

Saint Nicolas me l'a traduit pour vous le jour de sa fête, où je fis dire une messe à son autel :

Quand la nuit baisse ses voiles,
Que le vent sonne du cor ;
Quand l'enfantelet s'endort,
Nous allumons aux étoiles
Nos petites lampes d'or.

Au ciel, à nos auréoles,
Nous prenons mille couleurs,

Et dans la rosée en pleurs
Nous entr'ouvrons les corolles,
Pour peindre les yeux des fleurs.

Nous mettons des plumes peintes
Sur les ailes des oiseaux ;
Aux touffes des verts roseaux
Nous apprenons des complaintes
Pour redire aux nids des eaux.

Partant pour de longs voyages,
Quand sonne le couvre-feu,
Nous, les anges du bon Dieu,
Au chevet des enfants sages
Apportons un rêve bleu.

Le petit Jésus, rayonnant de lumière, se tenait sous la cheminée.

Devant les chenets était une rangée de sabots. Il y en avait huit, de pauvres *esclots,* comme on les nomme en mon pays, proprets, mais grossiers, usés, avec plus d'une fente et plus d'un clou... et un peu de paille dedans... car les bûcheronnets n'avaient pas de bas ; les bas sont trop chers !

Au fond de la cuisine se trouvait un grand lit de campagne sous un dais de laine ternie, et là dormaient le bûcheron et la bûcheronne, si fatigués pour avoir travaillé tout le jour et si paisibles pour n'avoir point offensé Dieu.

A côté d'eux se trouvaient deux couchettes.

Dans la première ronflaient les trois frères ; ils sentaient moins le froid ensemble sous leurs couvertures légères. L'hiver est rude. — En été, bah ! on s'étend au foin. — L'un des enfants avait les mains jointes, l'autre un coude sous sa tête, et le troisième un bras pendant hors des draps. — Dans la seconde couchette rêvait Jeanne, la petite sœur, si jolie, si fraîche, qu'on l'eût embrassée de bon cœur pour se sentir le cœur joyeux.

Comme ils sommeillent profondément !

— Monseigneur, faisons doucement, je vous prie... ne les éveillons point ; quand ils reposent, ne sont-ils pas bien heureux, les pauvrets ! ils n'ont ni froid ni faim.

— Je les aime de plus en plus, ces enfants, saint Nicolas. — Ils paraissent si misérables ! je vais leur laisser mes étrennes de Noël... Donnez-moi quelques renseignements sur eux.

— Ces sabots, ni petits ni grands, sont les sabots de Pierre, un garçon travailleur, mais un peu méchant.

— Dans tes sabots, Pierre, je mets un chapelet à grains verts comme les pois du jardinet ; prends-le entre tes doigts quand tu auras la tentation de faire mal. — Récite une courte prière et tu redeviendras un excellent petit garçon. — Il faut être bon avec les fleurs de la terre et avec les bêtes du bon Dieu. En commençant par aimer celles-ci, on finit par aimer les hommes... C'est là la charité. A côté, j'oublie une verge fleurie et ornée de rubans : ce n'est point une punition encore, mais un avertissement.

— Monseigneur, n'êtes-vous pas trop sévère ? — Cette autre paire de sabots est celle de Jacques... un enfant doux, inoffensif, mais quelquefois paresseux.

— Alors, saint Nicolas, je lui laisse en présent cette arche de Noé pleine de tous les animaux que mon Père a créés. — Chacun travaille en ce monde pour les satisfactions de l'homme. Le bœuf donne sa force et tire la charrue ; la vache abandonne son lait ; la brebis, sa toison ; les abeilles, leur miel ; les poules, leurs œufs. — L'homme seul ne s'aiderait pas et ne travaillerait point ? Le travail garde des mauvaises pensées et des méchantes actions ! Dieu le bénit, et bénit aussi ceux qui le pratiquent. — Souviens-t'en, Jacques ! mon Père ne demande jamais compte des jours où l'on a travaillé.

— Ces souliers si mignons qui suivent, Monseigneur, sont ceux de Jeanne. Ses frères demandent à porter toujours des chaussures de bois, pourvu qu'on défende de brodequins de cuir les pieds plus fins de leur sœur... C'est une douce fillette blonde, le rayon de soleil de la maisonnette, l'hirondelle qui porte bonheur à la famille. Elle partage déjà avec sa mère les soins du ménage ; elle s'essaye à filer le chanvre, écume la marmite, jette les bourrées au feu et apporte à manger au chat. — Elle vous aime bien et vous prie souvent, Monseigneur Jésus !

— J'ai souvent, en effet, entendu sa prière monter à moi, comme le bourdonnement d'un moucheron dans un lis.

— Elle chérit tendrement ses frères !... S'ils ont commis une faute et sont grondés de leur mère, elle a toujours une larme prête dans son œil bleu et demande pardon pour eux avec la douce voix d'argent que votre Père lui a donnée.

— Charmante Jeanne !... Si je la faisais mourir, saint Nicolas, pour la mettre parmi mes anges ?

— Dieu, votre Père, vous en garde, Monseigneur !

Qui jouerait avec les cheveux blancs du bûcheron ?

Qui filerait le lin de la bûcheronne et tournerait la roue de son rouet ?

Qui intercéderait pour les petits frères ?

Qui soignerait le minet ?

Qui avancerait la bûche au feu et découvrirait la marmite ?

De grâce, n'en faites rien, Monseigneur. Laissez-la grandir pour être jolie et montrer le bon exemple. Au lieu d'un ange maintenant, vous en ferez une sainte... plus tard.

— Alors, je vais laisser dans son soulier une croix... car toute femme, bien heureuse soit-elle, en porte toujours quelqu'une au fond de son cœur. Une femme a tant à aimer ! et quand on aime beaucoup, ne faut-il pas souffrir ? Je lui fais présent, en outre, d'une chemise de toile afin d'abriter de la poussière et du froid son corps blanc et pur comme une fleur de marguerite... J'ajoute encore un livre de messe pour prier, avec des images à regarder quand elle aura devancé le prêtre ; et quelques aiguilles, un dé, des ciseaux, qui lui enseigneront de bonne heure que Dieu, aux doigts des jeunes filles, a caché de petites et industrieuses fées. — Et cette dernière paire de sabots, la plus lourde ?

— C'est celle de l'aîné de la famille, de Baptiste, Monseigneur, le second père. Il facilite à ses frères le travail, leur donne les branches à porter et se réserve les grosses bûches. — S'en va-t-on à l'étang, de grand matin ? il jette son manteau sur sa sœur Jeanne pour la préserver du froid ; s'en revient-on du bois, tard, le soir ? il marche auprès d'elle pour la défendre des loups et de la peur... Ah ! je vous le recommande tout particulièrement, Monseigneur.

— Voici donc pour lui une pelle, une pioche, les instruments du travailleur. — Le pain est bon qu'on sème et recueille soi-même. — Ces outils de fer sont nobles et plus beaux à mes yeux que l'épée et le fusil. Il vaut mieux moissonner des épis que des hommes. — Travailler, Baptiste, est la suprême loi !... mais, à côté, soulager son prochain, venir en aide à ses frères, est le doux devoir... La charité rachète les actes, la charité sauvera le monde. — Que Baptiste devienne grand et fort, car les dangers et les misères grandissent et se fortifient aussi avec les hommes. — Je veux qu'il soit toujours le protecteur de sa famille.

— La distribution des sermons et des joujoux est achevée, Monseigneur. — Je serai bien trompé si les petits, au réveil, ne sont contents et ne crient de plaisir comme les oiseaux quand ils s'abattent dans les treilles, aux raisins mûrs, sans préjudice d'une bonne prière pour vous remercier.

— Ce n'est point tout. Je veux, afin qu'ils se souviennent de moi, leur envoyer un joli rêve, le beau rêve du Paradis, que ma mère m'a enseigné.

Le vieux saint inclina la tête en signe d'assentiment. Les anges continuaient leur concert sous la cheminée, et les autres anges gardiens, qui allaient au

village ou qui en revenaient, entendant au passage cette délicieuse musique se disaient entre eux : — « Le petit Jésus est là ! Ecoutez ses musiciens ! Bénie soit la maison où le petit Jésus est descendu ! »

Le petit Jésus s'approcha des lits des enfants. Il rentra doucement sous les couvertures, à cause du froid de la nuit, les bras de Jacques, puis se pencha vers eux et leur donna à chacun un baiser sur les yeux, sans les éveiller (il fut même obligé d'écarter, du visage de Jeanne, ses cheveux blonds !...). Alors ceux-ci se mirent à sourire et leurs lèvres remuaient tout bas, comme s'ils disaient : merci !

— Saint Nicolas, partons maintenant... L'heure sainte n'est pas loin. Il faut que je remonte près de mon père, car il va bénir le ciel et la terre cette nuit.

— Qu'il soit fait selon votre volonté, Monseigneur !

Les séraphins, ayant donc passé à leur cou la courroie de leur harpe ou de leur lyre et repris leurs lanternes, remontèrent dans la cheminée comme les étincelles de la bûche qui montent à travers la fumée.

Le petit Jésus et saint Nicolas passèrent les derniers.

En ce moment, le grillon qui, par discrétion, avait gardé le silence, se jeta à genoux et remua la tête en disant :

— Cri, cri... Adieu ! seigneur Jésus ! votre père vous ramène l'an prochain ici... je serai peut-être mort, car je suis vieux dans la vie. Cri, cri... Mais vous m'avez béni, merci. Cri, cri... je mourrai content aussi.

Le gros chat, qui avait, pendant la présence du petit Jésus, fermé les yeux de piété, les rouvrit... et s'en vint lentement se rouler dans les cendres comme un peloton et ronfler comme une toupie d'Allemagne.

Et pendant ce temps ?

Pendant ce temps, les petits faisaient un rêve, le rêve de l'enfant Jésus.

Dans un soyeux fauteuil de nuages, au milieu des étoiles était assise la sainte Vierge, vêtue de blanc.

Le petit enfant Jésus jouait sur ses genoux

A la main, elle tenait une longue quenouille toute feuillue de feuilles, toute fleurie de fleurs, toute étoilée d'étoiles. A la pointe, deux oiseaux ouvraient leurs

ailes en se becquetant les plumes. Cette quenouille était garnie de flocons d'argent, rayons de lune embrouillés et toisons emmêlées de nuages d'automne.

Sous les doigts de sainte Marie tournait un beau fuseau élégant et agile. Il dansait, il valsait, il sautait, il balançait, et de petits anges voltigeant autour, soufflaient sur lui pour le faire pirouetter plus vite.

L'enfant Jésus tirait les fils que la Vierge filait, puis il les laissait pendre sur la terre. Et il y en avait qui se cassaient et qui descendaient flottant à travers les airs, s'arrêtant aux visages des bergères et s'embrouillant aux cornes des taureaux.

Le petit Jésus s'amusait à en amener au milieu d'enfants qui couraient après dans les champs pour les atteindre et à qui il les retirait brusquement.

Voyait-il une fauvette ou un rossignol aller et venir pour bâtir son nid ? pendant son absence, il enroulait dans la paille et la mousse ses fils soyeux, afin de faire le nid plus chaud aux oiselets. — Quand la mère revenait, un crin ou brin de foin au bec, elle levait son œil vers le ciel et en remercîment gazouillait un peu.

Parfois, il attachait les fils de la Vierge de la feuille d'un arbre à la feuille d'un autre arbre jetant ainsi des ponts aux moucherons et établissant aux cousins des escarpolettes où ils se balançaient, et les insectes bourdonnaient de joie avec leurs petites ailes.

S'il apercevait une fleur des champs brisée par le vent, vite il la pansait ; avec ses bandes blanches entourait son cou si frêle et la redressait doucement, de crainte que le vent n'achevât de la briser et ne la précipât dans la boue du chemin. — Alors la maladive fleurette tournait son calice vers le firmament et se balançait en envoyant son parfum à l'enfant Jésus.

Qu'un papillon trop jeune s'en allât volant étourdiment, au risque d'égratigner son aile aux épines des buissons ou de l'érailler aux angles des murs, l'enfant divin liait l'imprudent avec ses lisières d'argent. — Il le tenait du haut du ciel en laisse comme un bébé, ou lui mettait des rênes comme à un cheval. Le papillon, un peu colère, secouait sa tête étourdie, se démenait, se révoltait, ne se doutant pas que l'enfant, son maître, le retenait au mors et à la bride pour son plus grand bien.

Tantôt il enroulait ces fils en banderolles autour des haies pour que, montrant aux insectes d'où souffle le vent, ils se missent à l'abri.

Tantôt il les accrochait aux herbes, d'un sillon à l'autre, afin que la nuit y suspendît des gouttes de rosée, pour abreuver les petites bêtes des champs. Le charançon descendant le long d'un épi, trempait sa trompe dans la perle d'eau, et la fourmi se désaltérait, et la moissonneuse, araignée des terres sèches, au bout de ses hautes pattes, se rafraîchissait en courant promener ses filles sur son dos. Le soleil éclaboussait dans les gouttelettes, et tous ces insectes charmés croyaient boire le soleil.

Voilà ce qu'apercevaient les enfants du bûcheron. — Et leur petit cœur était joyeux de cette joie de la terre ; et ils se sentaient disposés à adorer Jésus, si bon pour les plus humbles et les plus misérables créatures.

Oh ! que de choses ! que des jolies choses sont renfermées dans un baiser de l'enfant Jésus !

# IV

## *Minuit*

L'horloge a sonné... un — deux — trois — quatre — cinq — six — sept — huit — neuf — dix — onze — douze... — Minuit !

A chaque coup un ange se détachait de la cloche et s'envolait au ciel Noël ! Noël ! L'enfant Jésus est né !... Noël !

Voici que de la tour de l'église monte un bourdonnement comme si des ruches s'éveillaient. — Ce sont en effet les cloches, grosses abeilles du clocher, qui commencent à voltiger. Dig ! ding ! dong ! Noël ! Noël ! Dig ! ding ! dong !

De très loin on entend leur carillon. — Les corbeaux qui logent à côté, dans la charpente, s'envolent par les ouvertures en criant, et ils tournoient comme une couronne noire autour de la flèche pointue.

Dig ! ding ! dong ! Noël ! Noël ! Dig ! ding ! dong ! Les branches nues des arbres se balancent... les portes des maisons s'ouvrent... les sabots passent dans la rue.

Aux fenêtres les lampes s'allument, et par les cheminées s'échappent des fumées bleues, comme des filets de gaze à prendre les papillons d'hiver. — Le feu pétille clair et joyeux sur la pierre du foyer.

Le vent roule la neige contre les portails des cours, et secoue au bord du toit le chéneau de fer-blanc.

Dans le grenier quel vacarme ! Noël ! Noël ! Dig ! ding ! dong !

Écoutez au jour de l'étable. Les bœufs meuglent... les agneaux bêlent... les coqs chantent... les poules caquettent... — Les voilà éveillés !

Ils ont tous pressenti l'anniversaire de la nuit où l'enfant Jésus est venu au monde. On avait garni de paille fraîche les râteliers, de feuilles mortes les mangeoires et de grains nouveaux les poulaillers.

Ayant entendu tinter minuit, lentement, pieusement, ils se sont agenouillés. — C'est la seule nuit de l'année et l'heure bénie où ils fléchissent ainsi le genou dans la litière.

Demandez au vieux paysan de la plaine ; au montagnard fervent qui vit sur les montagnes, près du ciel.

Le maître de l'étable ne l'ignore pas ; aussi va-t-il le long des crèches, son bonnet à la main, distribuer aux animaux des poignées de sel.

— Eh bien les grands bœufs !... L'enfant Jésus est né... qu'il vous donne belle force et bon courage au travail... La terre gelée devient dure... Il faut

creuser profond les sillons ; et le champ est vaste... A vous, la bouchée de sel de l'enfant Jésus.

Les grands bœufs, toujours accroupis dans la paille, ont remué leur grosse tête et soufflé avec bruit leur haleine de vapeur; puis, sérieusement, ils se sont mis à ruminer le sel, en remuant les oreilles.

— Et vous, mes brebis, mes agneaux!... Les montagnes ne sont pas encore vertes... — Étroite, humide est l'étable. — Quand viendra le printemps, l'enfant Jésus fasse pousser beaucoup d'herbes et croître beaucoup de fleurs, pour que votre lait soit abondant et votre laine bien fournie... — Voici la poignée de sel de Noël.

Les moutons ont prestement tendu la langue et, en bêlant de joie, léché la main du pieux paysan.

— Et vous, mes poules, vous caquetez sur le perchoir... Le coq, au milieu de vous, battant des ailes, a chanté avant le point du jour, parce que l'enfant Jésus est né... — Qu'il vous donne, le divin Sauveur, d'abondants chapelets d'œufs... et des petits poussins en grand nombre pour réjouir la basse-cour... — Descendez du juchoir, voilà les grains de Noël.

Les coqs et les poules ont picoré l'avoine avec des gloussements et des sautillements. — La terre est gaie : Noël ! Noël !

Dans cette fête universelle, oubliera-t-on les petits chanteurs de la campagne, si pauvres en cette saison d'hiver, les petits oiseaux ? — Le bon Dieu leur a dit, en les créant :

— Vous n'êtes à personne qu'à moi; allez ! je vous donne les champs et la liberté. — Mais comme il y a beaucoup de neige partout, le laboureur prend soin des oiseaux du bon Dieu; — et voilà qu'à l'angle du hangar, au clair de la lune, il a couché la gerbe de Noël.

Le fléau ne l'a point battue sur l'aire; elle a été dorée par le soleil; et ses épis sont riches de grains.

Les oiseaux éveillés par les cloches, sortent de dessous les tuiles, des trous de mur et des troncs creux des arbres; ils viennent becqueter en foule, sur la gerbe du petit Jésus.

Béni soit le petit Jésus qui apporte, cette nuit-là, tant de bonheur à tout le monde !

Là-bas, l'église du village s'illumine. — Les fenêtres brillent des quelques cierges de l'autel. Elle s'élève là dans l'ombre, la maison de Dieu, comme un château plein de reliques... et chacun y court rendre visite au petit enfant qui est né. — Ne va-t-on pas visiter les grands seigneurs de la terre ?

Voyez descendre de la montagne les bergers avec leurs fifres qui rient et leurs cornemuses qui nasillent. Ils s'annoncent là-bas.

Voyez remonter de la plaine, les bergères chantant des noëls. On entend leurs voix traînantes au lointain. Elles se rapprochent peu à peu.

Les enfants et les vieillards couvrent les sentiers, en suivant les haies blanchies par le givre. Les vieillards et les enfants, hélas ! tremblent de froid aux deux extrémités de la vie.

Les lanternes fumeuses courent dans les champs et le long des chemins... Les gros chiens de bergers suivent, la langue pendante et le poil hérissé.

La terre gelée craque sous les sabots ; et les arbres secouent la neige sur les habits... et quand on traverse les villages, les dogues des fermes aboient sous les portes des cours.

Où s'en vont-ils ? où s'en vont-ils tous à cette heure ? — A la petite église, comme autrefois les bergers de Madian à Bethléem.

N'entendez-vous pas là-bas les cloches qui disent : Allons ! les paresseux ! hâtez-vous ! Allons! les endormis, réveillez-vous ! Venez !... Allons ! Allons ! L'enfant Jésus est né — il dort dans sa crèche ! Allons ! accourez aux trois messes, à celle du Père, à celle du Fils, à celle du Saint-Esprit. — Noël ! Noël ! — Les endormis, allons ! réveillez-vous ! — Les paresseux, allons ! hâtez-vous ! — Noël !... — Allons ! allons ! dig ! ding ! dong ! Noël !

L'église regorge de monde, et toutes les prières font un murmure comme celui d'un petit ruisseau invisible qui coulerait sous le pavé.

Il y a bien quelques pauvres gens qui dorment un peu, la tête contre le bénitier ;

Il y a bien quelques vieilles femmes qui ferment les yeux en marmottant leur chapelet ;

Mais Dieu juge les intentions et il pardonne de grand cœur.

Voyez comme l'autel est magnifique avec ses dentelles blanches et ses chandeliers dorés !

Comme les tiges de roses sortent des vases !

Que la crèche est jolie toute en papier d'argent !

Comme les encensoirs fument !

Le prêtre a pris ses plus riches ornements !

Le voilà qui dit la messe.

Dans un coin du chœur, devant un énorme pupitre qui gémit en tournant, sont les chantres.

Assis sur des escabeaux étroits, très hauts, ils chantent à plein gosier et à plein courage le *Kyrie, eleison,* et l'*Agnus Dei.*

Au milieu d'eux, le plus grand souffle dans un long serpent de cuivre qui beugle comme un bœuf... et par moments fait trembler toutes les vitres des fenêtres.

Les clergeots qui servent la messe, balancent les encensoirs ; l'église est remplie de sainte fumée douce à respirer.

La petite clochette de temps en temps crie : A genoux ! à genoux !

Les prières montent ensemble vers le ciel ainsi que des rangées de roses-trémières.

Des anges volent sous les voûtes et se reposent dans les niches et sur l'autel ; ils sont si fatigués pour avoir porté les jouets et les verges aux enfants !

Saint Nicolas revint sur son piédestal, quand le petit Jésus remonta au ciel ; rentré dans son habit de chêne, il ne bouge plus. Le voilà de bois comme par le passé, avec sa longue barbe blanche. — Son bâton à la main, il écoute, il regarde... Il est joyeux tout bas, parce qu'il pense aux enfants qu'il protége, et surtout aux bûcheronnets qui seront si heureux demain en s'éveillant.

Entendez les noëls plus vieux que les grand'mères qui les apprirent à leurs petits-fils. — Ils sont naïfs comme des complaintes. — Des pâtres les ont composés en gardant leurs troupeaux dans les hautes montagnes. Ils les chantaient, l'hiver, aux veillées et maintenant tout le monde les sait... et on les chantera, assurément jusqu'au dernier jour où le fils de Dieu viendra juger les vivants et les morts.

On prie cette nuit-là avec amour ! On est très sage et très pieux ; et Dieu qui lit au livre des âmes, y rature bien des péchés.

La messe terminée, chacun se lève, trempe son doigt au bénitier de la porte et se signe.

Regagnez maintenant, braves gens, le village et la chaumière ! et Dieu vous garde !

Ils s'en vont par troupes, chantant encore dans l'obscurité pour se tenir éveillés et chasser la peur.

Les noëls s'éloignent et se perdent à travers le vent comme le son des clochettes attachées au cou des agneaux.

Parmi tous, en voici un que j'entendis de mon lit... car j'étais malade et ne pus me rendre à la messe de minuit. — Il passa sous les fenêtres de ma maisonnette aux verts contrevents, ma maisonnette des champs :

L'enfant Jésus presque nu
A Bethléem est venu !
Allons ! bergers ! — Vos musettes
Feront faire des risettes
A l'enfant Jésus tout nu.

L'enfant est dans une crèche,
Sur un peu de paille fraîche
Tout pauvre et blanc comme un œuf

Entre son âne et le bœuf
L'enfant est dans une crèche.

Saint Joseph avec ferveur
Berce le petit Sauveur.
Il a froid et faim... il crie.
La sainte Vierge Marie
Veut consoler le Sauveur.

Mais un berger charitable
Entre dans la pauvre étable
Et lui donne pour habits
La laine de ses brebis.
Le bon berger charitable !

Voilà pour l'enfantelet
Un peu de beurre et de lait !
Au Paradis, qu'il vous donne,
A son tour, une couronne
Le divin enfantelet !

Je n'entends plus rien... il sont trop loin maintenant.

Les petites lanternes s'égarent sur la neige, se dispersent et disparaissent.

On a soigneusement refermé derrière soi, en rentrant, la porte de la demeure. Car c'est la saison où le loup rôde flairant du bout de son museau aux fentes des cuisines et des poulaillers.

Pendant la messe, la marmite pendait sur le feu et s'agitait au doigt de la crémaillère.

L'aïeul dans son grand fauteuil gardait la maison et récitait dévotement son rosaire en écoutant l'eau bouillir, le chat ronfler, et la bûche verte chanter.

Tout cela lui rappelait sa jeunesse et ses anciennes belles nuits de Noël.

Lointains souvenirs !... Doux souvenirs !... Chers souvenirs !... Revenez visiter souvent les vieux qui attendent, au coin du feu, en toussant et en grelottant, l'ange de la dernière heure.

Si le passé de la jeunesse est le bienvenu, le passé de l'enfance est le mieux accueilli.

On a allumé devant l'aïeul la sainte bûche de Noël à laquelle pourra venir se chauffer le premier mendiant qui heurtera.

On a retiré du four le saint gâteau de Noël, dont une part sera donnée au premier pauvre qui la demandera pour l'amour de Dieu.

Que ces coutumes sont ravissantes et bénies, mes enfants, n'est-il pas vrai?

Autour de la table en hâte se prend le léger repas de la nuit.

— Les hommes à Noël, imitent les souris qu'on entend toute l'année grignoter de nuit dans le grenier.

Ce qui cuisait dans la marmite fume maintenant sur la table.

Ce qui était couché tristement en un coin de la cave se tient joyeusement debout en un coin de la nappe.

C'est le réveillon hospitalier qui réunit la famille et les amis, tout ce qui par le cœur nous retient à la vie.

Des noix sèches, le doux vin blanc et quelques bons rires !

Vive Noël !

Et bientôt au dernier carillon des cloches dans les airs s'achève la modeste collation, s'éteint la gaieté, et recommence le sommeil.

Bonne nuit !

Vous, vieilles gens qui m'écoutez, suivez-moi tout bas en récitant un *De profundis*.

A l'abri de l'église se cache l'étroit cimetière du village... un enclos où le bon Dieu, pasteur des hommes, les parque tous à la fin, et ne leur laisse une sortie que du côté de l'autre monde.

Les morts ont entendu les cloches ; ils ne dormaient pas; il faisait si froid! et d'ailleurs la nuit de Noël les a, comme de coutume, éveillés. Il y avait là, quelque part, sous l'herbe commune, les grands-parents de nos amis les bûcheronnets et au milieu du cimetière, sous une chapelle lourde et triste, madame la châtelaine du manoir derrière les saules.

Les morts ayant écouté, le long du mur bas qui les enferme, les vivants venir à l'église, les ont reconnus.

— Voilà ma fiancée qui me pleure encore.

— C'est la voix de mon fils qui m'a déjà un peu oublié.

— Ma jeune femme ! — Elle a dit un *Requiescat in pace* en passant devant ma tombe.

— Ah ! mes enfants ! mes enfants bien-aimés ! vous parlez de moi... qu'il y a longtemps que je ne vous ai embrassés !

— Si je pouvais revoir mon vieux père dont le cercueil est contre la muraille du fond... proche le presbytère.

— Qu'ils sont gentils et grands, mes chers petits !

Pauvres morts ! pauvres morts !... Pour eux seuls la nuit de Noël n'est point gaie... Personne ne les ramène s'asseoir à la table de famille auprès de la bûche religieuse.

Il faut qu'ils restent couchés sous la pierre, dans le champ de sainte poussière, avec leur croix de bois qui les garde et que le vent fait remuer.

Au milieu d'eux, monte vers le ciel la haute croix de pierre grise, la croix de tous. Elle étend ses bras autour d'elle pour bénir les morts et les retenir dans leurs tombes ; son ombre s'étend, la nuit, sur le blanc linceul de la lune, qui couvre avec indifférence ou avec compassion les riches et les misérables. — Croix bénie, douce croix ; que les prières que l'on récite à genoux devant toi ont de pieuses tristesses et comme la ronce décolorée qui recouvre les marches de ton piédestal se plaint douloureusement avec notre cœur et avec nos souvenirs !

Ah! la neige a jeté sur les trépassés un grand drap pâle comme un grand oubli. — Il fait froid autour de ces murs que du dehors ne franchissent pas les voleurs, et que du dedans ne franchiront pas les morts.

Adieu donc, petit cimetière du village, si près de l'église que toutes les prières tombent sur toi; si près de nos demeures que le soir, quand le soleil se retire, l'ombre des toits s'allonge sur tes fosses. — Dans nos plus belles fêtes, ton souvenir nous met le repos au fond de l'âme. — Dans nos plus dolentes misères, ta pensée nous apporte le courage et la résignation.

Mon petit cimetière où dorment ceux qui nous aimaient; où nous irons aussi dormir à côté d'eux... Au revoir! au doux revoir!

Pardon, mes enfants, si le conteur est triste quelquefois.

Vous ne savez encore ce que c'est que la mort. — Pour vous, les enterrements sont des processions. — Oh! mon Dieu! chut!... chut!... si votre mère, un jour, n'était plus là pour vous embrasser à l'heure du sommeil! et votre aïeule pour vous chérir et vous bénir au moment du réveil! Éloignons-nous de cet enclos du bon Dieu, mes enfants! — D'ailleurs, tout le monde est parti; tout le monde est rentré.

En regagnant sa chaumière, plus d'une paysanne entendit le bruissement des ailes des anges; car, la nuit de Noël étant terminée, ils remontaient aux cieux.

Les cloches se taisaient dans le clocher. — Elles pouvaient dormir maintenant jusqu'à l'aurore, comme les enfants.

Les animaux aux étables s'étaient recouchés sur les litières.

Les oiseaux rassasiés et contents avaient regagné leur gîte et remis la tête sous leurs ailes.

Le monde est tranquille, heureux, car l'enfant Jésus est né. — Désormais, il y a là quelqu'un pour le protéger et l'aimer.

Bonne nuit aux grands bœufs, aux timides agneaux, aux oiselets !

Bonne nuit aux laboureurs dans la cabane, aux bergers sous la hutte !

Bonne nuit au petit Jésus qui, sur la paille de sa crèche s'endort en bénissant la terre.

# V

## *Une Joie et une Prière*

Le coq a chanté. — Le jour pointe sur les montagnes.

Le coq a chanté. — Les animaux de la ferme se sont éveillés ; les bœufs à la crèche, les moutons à la bergerie, les poules au juchoir.

Le coq est l'horloge de l'écurie. — Les rudes et matinals travailleurs le connaissent bien.

Mais ils l'écoutent en souriant aujourd'hui, jour de fête, grand jour de fête et de repos.

Voilà le soleil levé dans la neige ; il a envoyé ses flèches d'or aux carreaux de la maisonnette du bûcheron. Rien n'a répondu ; les enfants dorment si profondément !

Alors il s'est approché et a collé son gros visage rouge aux vitres en regardant dans la cuisine.

Les bûcheronnets ont ouvert les yeux, et puis les refermant, tourné la tête de l'autre côté en faisant la moue.

Mais le soleil est resté là jusqu'à ce qu'il a eu complètement éveillé la maisonnée ; car il ne veut pas que les enfants soient paresseux ; et aucun péché ne les rend plus laids que la paresse.

En attendant donc le lever des bûcheronnets, il avait jeté son échelle pourpre et or de la fenêtre au pavé ; et le long, mille grains de poussière, lutins des rayons de soleil, montaient dansaient et descendaient.

Soudain les enfants se sont souvenus qu'il était jour de Noël. Ils ont vite aperçu leurs sabots rangés devant la cheminée, et avec un cri de joie, les voilà se précipitant hors du lit et courant en chemise près du foyer.

En vain la mère les gronde de marcher pieds nus sur la pierre froide ; en vain les conjure-t-elle de s'habiller... Bah ! chacun a trouvé ses présents, et pousse des exclamations de surprise et de bonheur.

— Mère, oh ! la blanche chemise de toile fine !

— Vois, père, quels jolis animaux de bois ! comme ils sont ressemblants !

— Regarde, mère, cette pelle, cette pioche... Va ! je travaillerai bien notre jardinet pour qu'il y pousse abondance de choux et de féveroles !

— Père, un chapelet, dit Pierre. — Oh ! des verges, ajouta-t-il, et il se mit à pleurer.

— Ne pleure pas, mon Pierre ; le petit Jésus pardonne quand on veut se corriger. — Tu ne seras plus méchant ? promets-le moi... et cours embrasser ta mère, tes frères et ta sœur... caresse le minet et sois compatissant au grillon... — Nous jetterons la verge au foyer pour allumer le feu. — Habillez vous, Baptiste, Pierre

Jacques et Jeanne. — L'enfant Jésus est né cette nuit. — Il ne vous a point oubliés ; ne l'oubliez jamais aussi. — Il aime et protège les enfants sages ; et quand ils ont grandi et sont devenus des hommes, il les recommande à Dieu, son père.

—Oh ! le bon saint Nicolas avait bien raison... Jésus est venu ! Jésus est venu !

Habiller monsieur le petit garçon et mademoiselle la petite fille, lorsqu'attendent des joujoux nouveaux, n'est point chose facile. Demandez-le à vos mamans et à vos grand'mamans. Enfants, vous êtes si impatients de jouer ! et à cet âge un jouet a tant d'enchantement et de promesses.

Cependant les bûcheronnets n'avaient pas de beaux et nombreux habits à revêtir... Leur toilette des dimanches et celle de la semaine se ressemblaient assez. — Ils n'étaient pas gâtés, comme vous, par vos tantes et vos marraines, qui vous achètent des vêtements de prince et de marquis.

Quand la mère n'eut plus rien à craindre du froid, quand le père eut soufflé la bûche de Noël, pour y réveiller la flamme, les enfants s'agenouillèrent sous la cheminée. — Ils joignirent leurs mains et inclinant leurs jolies petites têtes blondes, ils répétaient après leur mère la prière du matin :

«— Saint enfant Jésus... nous vous donnons notre cœur... Donnez-nous le vôtre, s'il vous plaît. — Préservez notre père, notre mère, de péchés et d'accidents. — Envoyez-nous notre pain quotidien ! — Que nous soyons sages pour vous, bons pour les autres, complaisants pour nos frères et obéissants pour nos parents. — Que nous accueillions avec joie le travail... les pauvres du chemin... et les oiseaux des champs ! — Que nous restions honnêtes et pieux... contents de peu. . et sans envie. Laissez-nous vivre longtemps pour vous aimer et vous faire aimer, et à l'heure de notre mort, accordez-nous la vie éternelle. — Ainsi soit-il ! »

De leurs signes de croix, les enfants avaient bien l'air de chasser un peu les mouches... mais ils étaient pressés de revoir les trésors de l'enfant Jésus ! — Si rarement ils avaient des jouets !

Ils ne se relevèrent toutefois qu'après que leur mère les eut tous embrassés tendrement avec des larmes dans les yeux. — Les baisers des mères, c'est la becquée des petits enfants !

Ils se rendirent à la messe, n'y parlèrent point et prièrent dévotement devant le bon saint Nicolas, qu'ils reconnaissaient parfaitement dans sa niche.

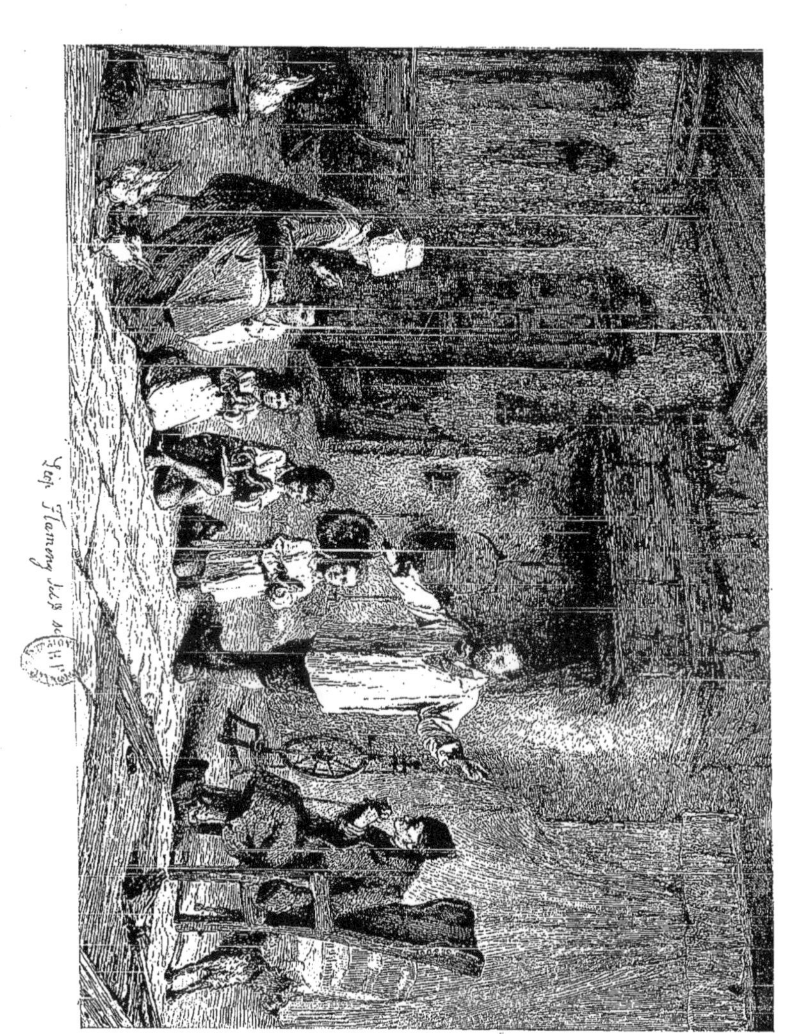

; lui faisaient quelquefois signe de la main ou de la tête pour le remercier, i souriaient comme à une vieille connaissance; mais le saint ne répondait e la tête ni de la main, parce qu'il faut être respectueux à l'église. endant, au fond du cœur, il disait :

– Oh! les bons petits bûcherons! oh! les braves bûcheronnets!

ierre récitait le chapelet du petit Jésus. — Jeanne s'essayait à déchiffrer s le livre du petit Jésus... ne pouvait et lisait les images.

s furent obéissants, comme vous, mes enfants; sages, comme vous ore, mes chers enfants.

s aimèrent le bon Dieu, leur mère, leurs frères et sœurs, comme vous.

ussi Dieu bénit Baptiste, Pierre, Jacques et Jeanne.

t pendant leur vie, en attendant le jour lointain où il pourrait les orasser sur le front à la porte de son paradis, il leur faisait tresser par ses ;es des couronnes d'étoiles, pour les couronner toute l'éternité.

# ADIEU

## AU PETIT LIVRE

---

Le travail soit béni !
La bûche se consume,
Ma pauvre lampe fume ;
Je sens boîter ma plume
Et mon livre est fini !

De mon cœur, votre abri,
Pages de bagatelles,
Comme des hirondelles,
Volez à pleines ailes
Chez tout enfant chéri !

Que pour l'amour de Dieu,
A toi, chaque fillette
Tire la chevillette...
Et souvent te feuillette
Mon petit livre ! — Adieu !

# TABLE





LYON. — IMPRIMERIE PITRAT AINÉ, 4, RUE GENTIL

## ALBUMS ILLUSTRÉS

Prix, relié en toile anglaise, fers spéciaux, tranche jaspée. . . . . . . . . . . . . . 6 fr.

# LES ENFANTS DE PÊCHEURS

*HÉLÈNE ET LÉON*

GRAND ALBUM IN-4° CARRÉ. — Composition et texte de HENRI BACON. — Gravure de F. MÉAULLE.

# MESSIEURS ET MESDEMOISELLES BÉBÉ

*CARNET D'UN PAPA*

**Recueilli par F. MÉAULLE**

Un magnifique livre-album orné de 12 compositions de VOGEL gravées sur bois et de 4 aquarelles.

# LES CAMPAGNES DU GÉNÉRAL TOTO

*SCÈNES DE LA VIE MILITAIRE*

12 aquarelles de MM. H. VOGEL et F. MÉAULLE.

*Un magnifique Livre-Album.*

# LES COMÉDIES DE L'ENFANCE

LIVRE-ALBUM

15 GRANDES PLANCHES HORS TEXTE TIRÉES A LA SANGUINE

Gravure de F. MÉAULLE, d'après les compositions de H. VOGEL. — *Fleurons et culs-de-lampe.*

# LA CHANSON DE MARLBOROUGH

GRAND ALBUM DE 16 MAGNIFIQUES PLANCHES

Composées et gravées par ÉMILE BOILVIN.

*Nouvelle édition*, couverture illustrée, composition par TOFANI, gravure par MÉAULLE.

Prix, cartonné. . . . . . . . . . . . . . . . . . . . . . . . . . . . 5 fr.

# BIBLIOTHÈQUE DES ENFANTS SAGES

ALBUMS IN-4° CARRÉ, NOUVELLE SÉRIE

Chaque Album de 32 pages contient 15 grandes pages gravées sur bois, par F. MÉAULLE, d'après les compositions de MM. DU PATY, SAHIB, VOGEL.

Prix, cartonné, couverture illustrée, planches noires. . . . . . . . . . . . . . . . . . . 3 fr.
— — — planches en couleur. . . . . . . . . . . . . . . . . . . 4 fr.
Riche reliure anglaise avec fers spéciaux, planches noires. . . . . . . . . . . . . . . 5 fr.
— — planches en couleur. . . . . . . . . . . . . . . . . . . 6 fr.

1. CONTES DES FÉES, 1re SÉRIE, contenant : *Riquet à la houppe. — Le petit Poucet. — La Belle au bois dormant. — Le Chat botté. — Les Souhaits.*

2. CONTES DES FÉES, 2e SÉRIE, contenant : *La Barbe bleue. — Le petit Chaperon rouge. — L'adroite Princesse. — Peau d'Ane. — Les Fées.*

3. UNE PETITE FILLE EN VACANCES, aventure de Mlle Suzanne au château de sa grand'maman.

## FORMAT IN-4° ÉCU — ÉDITIONS DE LUXE

11 VOLUMES DANS LA COLLECTION

Prix, broché. . . . . . . . . . . . . . . . . . . . . . . . . . . . . . . 7 fr.
— relié en toile anglaise, à biseaux avec fers spéciaux, tranche dorée. . . . . . . . . . 10 fr.

*Chaque volume est orné d'environ 100 compositions par les artistes les plus distingués, gravées sur bois par F. MÉAULLE*

LE TAMBOUR DE WATTIGNIES

PAR SIXTE DELORME

MÉMOIRES D'UNE POULE NOIRE

PAR MAURICE BARR

## OUVRAGES DE M. ÉMILE DESBEAUX

*Couronnés par l'Académie française*

LE JARDIN DE MADEMOISELLE JEANNE

*BOTANIQUE DU VIEUX JARDINIER*

LES POURQUOI DE MADEMOISELLE SUZANNE

Préface de M. XAVIER MARMIER, de l'Académie française

LES PARCE QUE DE MADEMOISELLE SUZANNE

LES DÉCOUVERTES DE MONSIEUR JEAN

*LA TERRE ET LA MER*

LES IDÉES DE MADEMOISELLE MARIANNE

LES PROJETS DE MADEMOISELLE MARCELLE

*ET LES ÉTONNEMENTS DE MONSIEUR ROBERT*

LA MAISON DE MADEMOISELLE NICOLLE

LE SECRET DE MADEMOISELLE MARTHE

L'AVENTURE DE PAUL SOLANGE

## LES DEUX FRANCE

— 1789-1889 —

RÉCITS D'UN AIEUL CENTENAIRE A SES PETITS ENFANTS

PAR M. DE LESCURE

*Un volume grand in-8, orné de 120 gravures. — Broché 15 fr. — Reliure toile 19 fr.*

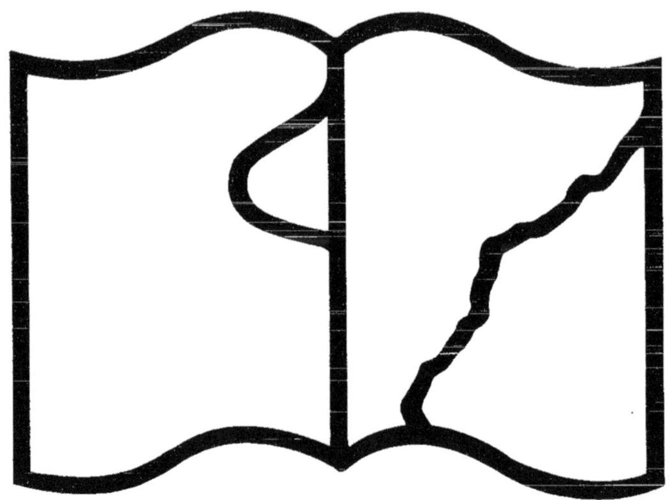

Texte détérioré — reliure défectueuse

**NF Z 43-120-11**

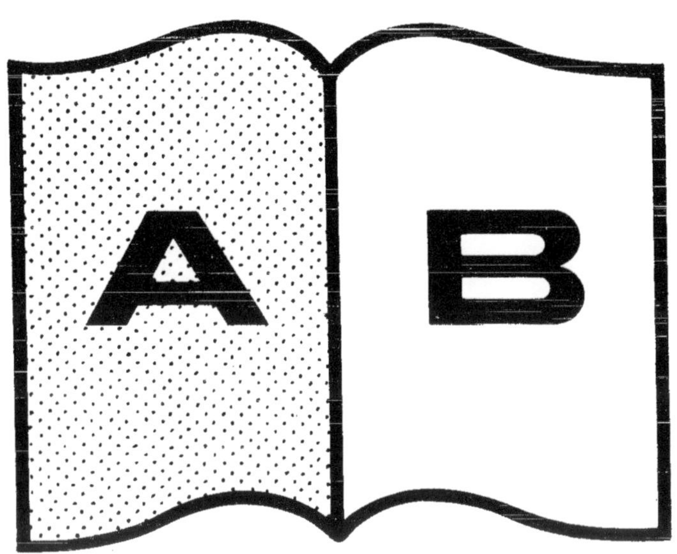
A
B

www.ingramcontent.com/pod-product-compliance
Ingram Content Group UK Ltd.
Pitfield, Milton Keynes, MK11 3LW, UK
UKHW012242240726
13966UKWH00003B/1242

9 782012 895331